지금은 0교시

지금은 0교시

경주여고 학생 시집

배창환 엮음

한티재

아이들의 시집을 내면서

아이들과 시 공부를 시작한 지 한참 되었다. 시 읽기 자료집을 만들어 시를 소개하고 읽는 공부를 하면서 『국어시간에 시 읽기 1』을 만들었고, 아이들과 생활시 쓰기를 하는 과정에서 참 좋은 시들을 많이 얻게 되었다. 이후 김천여고에서부터 마인드맵을 시 쓰기에 활용하면서 아이들의 상상력을 시적 에너지로 바꾸어 형상화하는 작업을 계속하여 처음으로 학생 창작시집을 묶은 것이 『뜻밖의 선물』이었다. 이 시집에는 글을 쓰는 자신을 비롯하여 가족과 학교, 그리고 이웃, 자연환경에 대한 체험을 바탕으로 진솔한 표현과 정제된 이미지와 리듬을 가진 시적 언어들이 들어 있어서, 아이들의 생각을 미적인 형상화가 덜 된 채 구조화된 학생 시와는 사뭇 달랐고,

호응도 좋아서 교과서와 참고도서 등에 더러 실리기도 했다.

학교를 경주여고로 옮겨서도 환경은 비슷했다. 경주도 중소도시이면서 책을 읽고 올라오는 아이들이 제법 있어서 글쓰기 교육의 바탕도 퍽 괜찮은 편이었고, 나도 이미 시 수업도 줄곧 해 왔고 학생들의 좋은 시들도 많이 얻은 터여서, 처음 시 창작수업을 하던 때만큼 큰 어려움은 겪지 않아도 되었다.

그래서 이번에는 자신을 둘러싼 가족과 자연 환경에 대한 소재와 미적인 표현뿐 아니라, 시를 쓰면서 '마을과 세상' 읽기로 관심을 확대해 보기를 권장했다. 폭과 깊이를 더 넓고 깊게 하고 싶다는 생각이었다. 이 작업을 하면서, 아이들을 둘러싼 교육과 사회 환경이 이전보다 더욱 팍팍하고 힘들어짐과 비례하여, 아이들의 내면에서 터져나오는 목소리나 정서가 더욱 깊고 단단하며 정교해졌다는 것을 알 수 있었다.

이 모든 것이 아이들 스스로 '나'에서 출발하고, 현실에 대한 '나'의 인식이 시적 언어를 통해 자연스럽게 터져나온 결과라고 나는 믿고 있다. 다만 그 물꼬를 틔워주고 물의 흐름을 '삶의 진실과 자아의 탐구'라는 방향으로 잡고 진솔한 표현을 구하되, 엉뚱한 말장난이나 관념적인 유희에 허우적대지 않도록 했기 때문에, 아이들은 자신의 현실에서 진실을 찾고 자신을 응시하는 시를 쓸 수 있었을 거라 생각한다.

여기에 수록한 학생 작품은 경주여고에서 4년에 걸쳐서 아이들과 시 공부를 함께 하여 얻은 것들이다. 주로 고등학교 1, 2학년의 작품이 대부분이며, 편집을 하면서 내용에 따라 5부로 나누었다. 각 부의 부제를 보면, 제1부 '나' 읽기, 제2부 집, 식구 읽기, 제3부 너, 우리, 학교 읽기, 제4부 마을, 세상 읽기, 제5부 자연, 생명 읽기 등인데, 각각에 모두 '나'를 포함시켜서 모든 시에서 '나'와의 관련을 강조했다. 글을 읽고 쓰는 일은 모두 자기 발견과 자기 표현 활동이기 때문이다.

　시를 읽고 쓰는 활동은 국어교육에서 빼놓을 수 없는 활동이다. 시를 모르고 문학을 안다 할 수 없고, 예술을 안다 할 수 없으며, 삶을 잘 가꾸어간다고 말하기가 어딘가 부족하다. 그리고 시를 모르고 사는 삶은 아무래도 딱딱하고 구멍이 크게 난 삶 같다. 삶을 풍요롭게 가꾸고 질적으로 높이기 위해서는 감성을 키우고 사물과 사람과 사회 속에 감추어진 관계를 발견하는 혜안을 갖지 않으면 안 되며, 그러기 위해서는 당연히 시를 제대로 알아야 하고 활용하고 즐길 줄 알아야 한다. 그러기 위해서는 시를 읽고 쓰는 '수업'을 해야 하고, 그것도 인생의 길을 찾고 줄기를 벋어나가고 뿌리 내릴 자리를 잡으면서 무성한 감성의 잎을 준비하는 청소년기에 하지 않으면 안 되는 것이다.

그러므로 아이들의 시를 한데 묶어서 시집으로 엮어내는 일은 아이들과 시를 함께 공부한 나에게 남다른 기쁨이다. 아이들의 시를 읽으면 시를 쓴 아이들의 얼굴이 하나하나 되살아나고, 그 시를 쓴 아이들의 따뜻하고 깨끗한 마음이 가슴에 먼저 와 닿는다. 우리는 헤어져 있어도 그렇게 시로 만나고 있으며, 앞으로도 계속 만나게 될 것이라 믿는다. 아, 이래서 시(詩) 속에는 우리의 삶을 시(詩)로 만들어주는 그 무엇이 분명히 있다!

아이들의 시를 시집으로 예쁘게 꾸며주신 도서출판 한티재에, 우리 아이들을 대신하여 감사드린다.

갑오년, 가을빛이 세상을 온통 덮어가는 날
배창환

제3부

달리기

나, 너, 우리, 학교 읽기

제5부

돌
/
나, 자연, 생명 읽기

제1부

시

나, ‘나’ 읽기

시간

권이란 (1학년)

날아가는 화살보다 빠르게
아기 자라의 걸음보다 느리게
꽃봉오리의 기다림보다 간절하게
바람 앞의 촛불보다 불안하게
낮잠 자는 백구보다 평온하게

흘러간다.

시

박민정 (1학년)

사랑하는 사람들조차 나를 모르고

나마저 나를 모르는 밤엔

이 몸이 너무나도 무거워 시라도 한편 써야겠다

시에 내 몸을 버려두고 나와야겠다

그래야, 숨을 쉬겠다

그래야, 숨을 쉬겠다

여럿이 동선 맞추고 헤매는 이 꼴이 너무 우스운

그 어설픈 동선에도 맞추지 못한 내가 우스운 이 밤엔

아 시라도 한편 써야겠다

아무것도 묻지 말고 시라도 한편 써야겠다

그래야, 숨을 쉬겠다

그래야, 숨을 쉬겠다

나를 휩싸는 알 수 없는 감정에 목이 메일 때에는

나를 내리쬐는 흰 빛의 무거운 하늘 칼로 북북 찢어버리고

싶은 때에는

내 말을 들을 가치가 없는 이들에게 하는 이해 못한 말 대
신 시를 써야겠다

　사는 게 원래 이런지 아니면 나만 이런 건지
　벌써부터 땅이 훅훅 꺼지고 다리는 후들거리고 그만 주저
앉아 엉엉 울고 싶은데
　주저앉아 엄마 오기를 기다리기에는 너무 늙었고
　한 그루의 나무처럼 의연히 견디기에는 너무 어린
　늙어 가는 나는 오늘 밤도 시를 쓴다

길

박하현 (1학년)

가시밭길
황무지길
아무도 없는 길

내 길

놀이터

정연주 (1학년)

엄마 손 잡으려면
까치발을 들어야 했을 땐
집으로 돌아가기 싫었던
놀이터

엄마 손보다도
내 손이 더 커졌을 땐
집으로 들어가기 싫으면
놀이터

해가 지고
함께 놀던 친구들은
다들
집으로 돌아간 지
오래

난 아직 놀이터

오뚝이

윤수진 (1학년)

오뚝이는 좋겠다
넘어지면
언제 넘어졌냐는 듯이
금방 다시 일어나고
남들이 아무리 밀어서 넘어뜨려도
혼자 다시 오뚝 일어서고

그런데
그것보다
넘어져도
항상 웃고 있는
그 얼굴
그게 정말 좋겠다

다시 일어날 수 있어서 웃고 있는 걸까
웃어서 다시 일어날 수 있는 걸까

하루살이는

윤수진 (2학년)

　　내가 대충 흘려보낸 오늘 이 하루를 위해 일 년을 기다린
하루살이는
　　오직 환한 빛을 좇아 창문에 다닥다닥 붙은 하루살이는
　　내일이면 죽는다.

　　팔십 년을 살기 위해 열 달을 기다린 나는
　　내일도 모레도 빛을 기다린다.

나의 길

김지연 (1학년)

머나먼 길이 있다
그 길은 멀고도 험하며
휘어져 있기도 하다

결코 쉽다고 할 수 없는 길이기에
끝을 볼 수 없는 길이기에

한숨과 눈물은
늘어만 간다

가방끈 멘 어깨는 점점 내려가고
발걸음은 점점 느리게

내가 가고 있는 이 길이
정녕 나에게 맞는 길인 것일까

내가 가고 있는 이 길이

과연 내가 해낼 수 있는 길일까

끝없는 고민과 생각이 꼬리를 물어
내 머리를 헤집어 놓는다

그러고 나면
어느 순간 머릿속이 텅 비어버린다

요즘
하늘을 볼 때가 많아졌다

그릇

이가형 (1학년)

너, 하얀 밥그릇은
2005년 7월 31일
설레는 나의 열한 번째 생일날
나를 만났다

때로는 따뜻한 밥을
때로는 찬 밥을
또 멀건 죽도 몇 번 담아보고
나중엔
이가 몇 개 빠지고
깨질 위기를 수차례 견뎌내고
그래도
세월의 자국으로 금이 가고
그리고 지금은
화분으로 쓰이는 그릇

그릇에 심어놓은

싱싱한 완두콩 줄기에
하얀 꽃봉오리
수줍은 듯 조심스레
맺힌 날

나는 문득
이 넓은 하늘 아래
밥그릇으로 살고 싶어졌다

신발

이가형 (2학년)

빛바랜 귀퉁이 어딘가에는
나 한 조각이
숨어 있을지도 모른다.

반만 남은 머리에
흰머리처럼 달라붙은 거미줄로 엮인
몽당 싸리나무 빗자루에
도깨비 살 듯

뒷머리가 훌렁 벗겨진
낡은 내 신발엔
도깨비 닮은
나 한 조각이
살고 있을지도 모른다.

그림자처럼
내 발에 착 달라붙어

버리려 할 때마다
꼭
되돌아보게 하는 너에게는
꼬깃꼬깃 접혀 있던
내 마음 귀퉁이가
붙어 있을지도 모른다.

아날로그

강우정 (2학년)

사락사락
책장을 넘기는 소리가 들린다

한장 한장 종이를 넘기고
마지막 장을 덮고
그 순간의 감동을 적어내고
그렇게 책장이 채워지고
그 기쁨은 어떤 말로도 담아낼 수 없다

마음에 새겨지는 구절에 포스트잇을 떼어 붙이며
몇 번이고 읽어서 바래진 색을 보며
다시 볼 때마다 새로운 감동을 느끼며
가슴 속 어딘가도 든든해져 간다

모든 것이 편리해져 버린 세상에서
손 안의 반짝이는 쇳덩이로부터 고개를 든다

사락사락
책장을 넘기는 소리가 들린다

우리는 조용히 그 길을 걸었다

최민경 (1학년)

손에 닿는 장미꽃도 따지 말라 하고

우리는 조용히 그 길을 걸었다

때로는 빗소리가 들리기도 하고 때로는 햇볕이 가루가 되어 쌓이기도 하고

결코 머무르지 않는 걸음으로 두 발이 부르트고 살갗이 축축해지도록

도착지가 없는 길을 한없이 걸었다 맨발로 걸었다 눈으로 마음으로 걸었다

보도블럭을 따라 걷다가 말다가 하늘을 올려다보며 걷기도 하고

네가 넘어지면 그 자리에 앉아 쉬면서 구름을 마시기도 하고 나비를 붙잡아 봄을 털어 마시기도 하고

나무 밑을 지나면 파란 물로 세수를 하고 꽃덩굴 밑을 지나면 붉은 물로 입을 헹구고

광활한 대지를 돌아서 막 돋아난 새순에 입맞추고 새로 피는 꽃봉오리에 축복하고

지평선이 없는 길을 한없이 걸었다 말없이 걸었다 노오란
발로 걸었다

웃으며 걷기도 하고 눈물 흘리며 걷기도 하고
엄마의 묵직한 고민 위로 걷기도 하고 꽃처럼 바알간 사춘
기 위로 걷기도 하고
세상의 뜨뜻한 한숨 위로 걷기도 하고 난간에 걸터앉은 어
린 목숨 위로 걷기도 하고
선율 위로 걷기도 하고 소음 위로 걷기도 하고 노오란 발자
국을 찍으면서 우리는 조용히 그 길을 걸었다

스며들다

이은지 (2학년)

내리고 싶었다
스며들고 싶었다

흐르지 못해 고여 버린
검은 기억 웅덩이가 아닌

상처받은 마음까지 파고든
세찬 화살 빗줄기가 아닌

우산 밖 닿지 못하고
흘러버린 시간들이 아닌

잠 못 든 밤
추억 담은 방울들로
창가에 맺힐

빗방울이 되어

너의 곁으로

기다림이란

이지아 (2학년)

파릇파릇 돋아나는 잎새를 보고 있는 것
쏟아나는 물과 함께 희망을 뿜어내는 것
색깔들이 비웃고 지나쳐가는 것
그래도 웃어보는 것
쌓여가는 눈을 조금씩 녹여보는 것

혹시나 연락이 올까
떠나지 못하고 주저하는 것

한 발짝 딛었다
다시
제자리
다시 제자리에 돌아오는 것

제자리걸음이 미워서
화가 나서
돌아가 버렸다가

다시
돌아오는 마음 같은 것

길바닥에 버려진
새까만 발자국 같은 것

내가 남기고 간
붉은 발자국 같은 것

풍선

김연지 (1학년)

풍선을 불었다
잠시 손을 놓으면
쭈글쭈글해진다

다시 풍선을 불어
다시는 쭈글쭈글해지지 말라고
꽁꽁 묶어놓았다

묶인 풍선을
손으로 콕콕 찔러보면
쑥쑥 잘 들어간다
아직 자리가 많이 남은 걸까?

묶인 풍선을
다시 풀어 바람을 더 집어넣는다

그만,

풍선은 펑 터지고 말았다

풍선은
세계이고
우리 나라이고
우리 동네이고
우리 집이고
우리 가족이고
나이다

가을날에

김민지 (1학년)

다섯 살의 가을, 나는 나무가 되고 싶은 동산 위 작은 새싹
이었습니다. 그동안 수없이 그가 찾아왔지만 나는 항상 작은
새싹일 뿐이었습니다. 어느새 열여섯 번째 가을이 왔습니다.
또 다시 나의 벌판을 구월의 바람으로 살며시 두드려 봅니다.

그곳에 나는 작은 새싹일 뿐입니다. 여전히 나는 작고 하찮
을 뿐입니다. 하지만 언젠가 나는 큰 나무가 되고 그 나무를
품는 숲이 되고 그 숲을 품는 산이 될 것입니다. 나의 동산은
끝없이 펼쳐지는 벌판이 되고 푸르른 가을의 하늘이 되고 밤
하늘의 반짝이는 별이 될 것입니다.

언젠가, 언젠가는 이루어질 것을 믿습니다. 다시 한 번 구
월의 바람이 두드려 줄 것을 믿습니다. 나는 그 순간이 오기
를 기다릴 뿐입니다. 어느 날 나의 벌판에 그가 찾아오기를
그저 기다릴 뿐입니다.

제2부

두번 다시 없을 사랑

나, 집, 식구 읽기

부모님이라는 우산

정다정 (1학년)

어렸을 땐 항상 젖어 있던 그분의 어깨
왜 그땐 몰랐을까
시간이 흐르고 나서야
고개를 들어 보니
그대 곁에 늘 젖어 있던 어깨

어렸을 땐 항상 커 보였던 그 우산
왜 그땐 몰랐을까
시간이 흐르고 나서야
고개를 들어 보니
그리 크지도 않았던 우산

엄마의 등

권유정 (1학년)

오늘 저녁은 칼국수,
밀가루 음식이었다

유독 밀가루 음식에
소화가 잘 안 되는 우리 엄마는
여느 때와 다름없이 나를 부른다
— 여기 와서 등 좀 두드려 봐라

포근하고 넓은 엄마의 등
그 등을 두드리고 있자니
어딘가 쓸쓸해 보였다

줄지 않는 가사일 고단함 한 더미
금세 줄어버리는 돈 걱정 한 더미
속 썩이는 자식 근심 한 더미
쌓이고 쌓여 거대한 산이 된 엄마의 등

그런 엄마에게 미안해서일까

그럴수록

나는 더 세게

더 힘차게 등을 두드린다

두 번 다시 없을 사랑

정은애 (2학년)

엄마······. 엄마······.
왜 부르기만 해도 눈물이 나는 걸까?

우리 언젠가는 이별해야 할 텐데
이렇게 서로 사랑해도 되는 걸까?

두렵다는 말, 가슴 아프다는 말
사랑이란 이름의 또 다른 말이 맞나 봐

어느 별에서 또다시 만나야
이보다 더 애타게 그리워하고

어떤 모습으로 또다시 만나야
이보다 더 뜨겁게 사랑할 수 있을까?

소리

박하현 (1학년)

햇살 빠진 오후
덜그럭 덜그럭
시끄러울 우리 집
소리가 없다

윙윙 돌아가는 보일러
칙칙 김나는 밥솥
오늘은 조용하다

달그락달그락
생선 냄새
보글보글 찌개 냄새
오늘은 모두 조용하다

오늘은 조용한 날
엄마 없는 날

마지막으로 보았던

한해솔 (1학년)

언제 돌아올지 모르는 비행기에 오르기 전
잠깐 들러 본 주름진 얼굴
환한 웃음으로 가득했던 주름진 얼굴

가는 길 용돈 하라며
쪼글쪼글한 지폐 몇 장 쥐어주던 주름진 손
몇십 년의 세월이 담긴 주름진 손

돋보기안경 너머로
마주치던 맑은 눈
언제 돌아올지 모르는 막내딸을 기다리다
쓸쓸히 감아버린 눈

할매야

백하영 (1학년)

할매야 할매야
볕도 안 드는 구린내 나는
단칸방에 살았어도
울 둘이 잘 살았는데
외려 부잣집 휑한, 바람 찬 궁궐집
킬킬거리며 따시게 엉겨 붙은
우리가 더 낫다 했는데.

비 찬바람 불어왔던 어제, 곡소리 가득하던 오늘.
할매는 어디 갔는데
보고 싶어 문지방에서 나 오도카니 기다리는데
언 손 녹여줄 할매는 어디 갔는데.

반달

이해진 (2학년)

어슴푸레
전구 하나 켜 있다
하루살이 꼬여
전구바닥에
소복이 쌓여 있다

드르륵 녹슨 철문
시멘트 바닥이
그대로 드러난
구멍가게

아줌마요
언니가 부른다

자다 일어난
더벅머리 아줌마가 나온다
내 손 꼭 잡은

언니는
때 낀 손으로
먼지 쌓인
보름달 빵을 집었다

짤그랑 오백원 한 닢
잘 가래— 한마디
엉거주춤 선 아줌마는
밑 닳은 슬리퍼 끌고
문 앞까지 손 흔든다

언니는
빵 봉지 뜯어
반쪽 찢어준다

노랗게 익은 빵은
크림과 함께

목구멍을 넘어간다

걸어 나온 흙길 위
보름달 하나
휘영청 떴다
난데없이 바람이 스쳐간다
논에 잠긴 달이 일렁인다
진하게 퍼지는
풀벌레 소리에
꽉 잡은 손을
내려놓는다

언니와 나
반달 하나씩 물고
엄마 없는 집으로
걸어간다

아버지께 바치는 시

박민정 (1학년)

아버지는
자주
새벽에 나가서
아침에 옷 귀퉁이 어딘가에
아직 따끈한 다른 이의 피
묻히고 오곤 했다
어떤 날은 속옷까지 피가
스며들었다

외과 의사라는 무거운 짐 이고 수술대에 오르는 아버지는
뜨거운 장기 어딘가에서
가냘픈 목숨의 멱살을 움켜잡고 꺼내는 것이었다

꼬마 환자가 떠난 어느 날에
숨조차 쉬지 않던 당신의 등을 기억한다
강하고도 강한 우리 아버지라서
아버지는

우리가 없는 어느 곳에서 벽을 치며 울곤 했다
그러다 결국엔 자신의 가슴을 치곤했다

아, 아버지
아버지의 탓이 아니에요 아버지의 탓이 아니에요
그 등을 안아 주었어야 했다
해야 했지만 하지 못했다
아버지가 싱긋 웃어버릴 것만 같아서
눈물 영영 삼켜버릴 것만 같아서

아버지는 그렇게 눈물 값으로, 생명 값으로 세 딸을 키웠다
눈물 값, 생명 값으로 큰 마지막 딸은 집 짓는 사람이 되고
자 한다
아버지의 어깨 너머로 본 이 세상을 건축가라는 이름으로
살아가고자 한다

차가운 수술대에 벌떡이는 이 아픈 도시 눕혀놓고

나는 아버지의 옷을 입고
이 도시의 배를 가르겠지
이곳 저곳 잡아내고 꿰매고 넣겠지
시를 짓듯이 집을 짓겠지

아버지의 옷을 입고……

정구지

굽은 등어리 매만지는 손으로
청초한 정구지를 한 움큼 매만진다.

풀내인 듯, 알싸한 내인 듯,
목구멍을 간질이며
세 모녀는 낫을 들었다.

흥얼거리는 노동요 대신
할머니 작사 작곡인
인생 이야기가
배경음으로 깔린다.

손녀는 귀에 익은
이야기에 얼쑤, 하며
추임새로 장단 맞춰
몸짓한다.

손녀의 서툴지만 기운 넘치는 손놀림에
정구지 뿌리가 쑥 빠져나오든 말든
할머니는 봄기운에 취한 듯
소녀처럼 깔깔거리며
타박한다.

엄마는
묵묵히 일하다 맞장구치듯
뭐가 그리 재밌노, 하며
더욱 빠른 손놀림으로
낫질을 해 댄다.

잘려나간 정구지는
팔딱이고,
남은 정구지는 여전히 알싸하다.
시간은 많고, 하늘은 높다.

외할머니, 섬에 계시다

김상원 (2학년)

새벽 공기 스산한 선창가
늙은 어미는 오늘도
다리를 땅에 박고
하염없이 수평선을 바라본다

"독하게 살아야 혀. 세상을 만만하게 보면 안 된당께."
순둥이 막내딸 시집가던 날
딸을 싣고 육지로 뻗어가던
그 배에 당신 맘도 실어본다

딸은 고향 가는 날이면
고된 마음 둘둘 말아 놓고
어미의 겨드랑이 단내에 취해
행복한 꿈도 꾸어 보고

어미 사랑 가득 담은
감자, 고구마, 미역들이

터질 듯한 상자 속에서
미소를 날리면
딸은 자기도 따라 웃어본다

오늘도 어미는 절뚝이며
선창가로 가 딸아이를 그려 보고
육지 딸은 사진 속 당신 가슴에
얼굴을 묻고
그리움을 토해낸다

그러지 말어

이채림 (2학년)

생선 먹기가 귀찮다던 내게
가시를 일일이 발라주던 엄마가
지나가는 어조로 말을 꺼낸다.

요즘 세상도 많이 변했더라.
부모님을 치매로 몰아서 요양병원에나 집어넣고
자기들끼리 유산도 다 나누어 버린대.

주의 깊게 듣고 있지 않던 나는
무심하게 고개를 끄덕인다.

그러자 엄마의 한마디

너는 그러지 말어.
엄마 아빠 우리끼리 살아도 되니께
너희들은 그러지 말어.

제 정신 아니다―
싶으면 우리가 알아서 들어갈 거니께
너희들은 그러지 말어.

황사

유혜윤 (2학년)

내 마음속 팔레트에서
덜어내어 풀어놓은 듯
노랗게 하늘이 물들었다

당신 안에 품은 아이
세상으로 내보낼 때
하늘이 노랬다던 어머니

우리 엄마 누렇게 뜬 얼굴에서
마지막 눈물방울 훔쳐내어
꼭 쥐었던 작은 손에는

어머니 그때의 눈물 대신
꼽꼽한 땀만이 서늘하게 배었는데

먼 곳에서 불어오는 황사바람이
자꾸만 목을 간질여

이를 앙다문다

초록비에 몸을 함박 적셔
콜록, 하고 노란 가래
탁 뱉어낼 수 있다면

헐

이보라 (1학년)

언젠가
할머니께서 황당한 말씀을 하실 때
나는, "헐"

― 헐이 뭐꼬?

하시길래

― 응, 어이없을 때 하는 말

이라고 답해드렸다.

언젠가
"할매, 할매 나 물 좀."
하니까

― 헐

깊은 눈주름 더 깊게 휘어지며
물을 떠다 주신다.

눈

김연지 (1학년)

지난 새벽
새하얀 눈이
펑펑 내렸다

너무나 새하얘서 눈부셨다

도로의 새하얀 눈이
차에 치여
시커매지고

빗자루에 쓸리고 뭉쳐
딱딱하게 굳어졌다

지난 새벽
이 하얀 눈을 헤쳐
일하러 나가시던
아버지의 모습이

지난 새벽
이 하얀 눈을 헤쳐
아버지 가시는 길을 닦던
어머니의 모습이

너무나 새하얘서 눈부셨다

시골집

이예령 (2학년)

책을 읽다 잠이 들어도
나뭇잎, 쏴아아 흔들리는 소리
다 들리네.

소리 따라 밖으로 나가니
푸르스름한 초승달
하늘에 걸려 있고

발소리에 깜짝 놀란
생쥐 한 마리
쪼르르 달려가네.

벗나무가 흘려버린
하얀 꽃잎을
쥐똥나무 울타리가
담아 주네.

늘 보던 우리 집도
늘 보던 꽃잎도
낯설고 고와 보이네.

겨울비

이유정 (2학년)

어느 겨울날
혼자 거리를 걷다가
문득 비를 맞게 된다면

엄마, 아빠가 모임 가고
언니마저 없는 날
혼자 라디오를 듣다가
문득 슬픈 노래를 만나게 된다면

만원 버스에서
집 가까운 친구를 먼저 보내고
조금 전엔 몰랐던
침묵을 삼키며
연락 없는 휴대폰만 멍하니
바라보게 된다면

혼자가 아니면 느낄 수 없는

그 외롭지만 벅찬 시간에
한 움큼의 생각을 쥐게 될지도 몰라
더도 덜도 말고 딱 한 움큼만

어느 추운 겨울날
혼자 거리를 걷다가
그 여름날 누군가와 함께 맞던
소나기를 기억하듯이

제3부

달리기

나, 너, 우리, 학교 읽기

달리기

정연주 (2학년)

출발!

달려라더빠르게벗겨진신발을뒤돌아볼시간은없다
도장은일등에게만찍어줄거야쉬지마라
뒤돌아보아도출발점이보이지않고고갤들어도도착점이보
이지 않아
그래도눈감지마네가서있는곳도보이지않을테니
숨이턱까지차올라도내뱉지마고통의시간을삼켜숨쉬지마

넘어졌다

이제야 하늘이 보인다
숨을 쉴 수 있다

지금은 0교시

박수아 (2학년)

아래에 누군가 있다.
고개를 숙이게 만드는 그대

그대는 누구십니까?

너를 위한 미술관

박수아 (2학년)

미술관이 생기면
너와의 추억을 전시할게

아무도 찾아오지 않아도
나는 하루 종일
미술관에 머물 거야

내가 잊고 있던 추억을
다신 잊지 않도록

사소했던 우리의 추억이
사라지지 않도록
액자 속에 담아 놓을게

아무도 찾아오지 않아도
너는 찾아와 주겠니?

그런 너희들

김지혜 (2학년)

내가 길을 걷다 넘어지면
개그 프로그램을 보듯
까르르
자지러지는

마지막 남은 떡볶이를 위해
탁 탁 탁
날렵한 젓가락을
내리꽂는

새로 한 내 머리를 보며
으― 하며
진심 어린 야유를 보내는

하지만 웃음이 나는

그런 너희들이 있어

행복한
시 쓰는 밤

나비

신수미 (1학년)

우리는 한 마리의 나비

꿈틀대던 그 시절도
단단하던 그 시절도
향기로운 꽃을 벗어나
어둠과 홀로 맞서고 있다

비단 같은 날개를 등지고
하루에 수천 번 날갯짓을 멈춘다
― 항로 잃은 나비여
    어디로 가고 있는가

꿈이 없는 나비에겐
화려한 날개도
향긋한 꽃들도
보이지 않는다

공벌레야

권이란 (2학년)

너는
구르기만 하더라.

차가운 바닥에 죽었을 때도
너는
청소하는 빗자루에
굴려지기만 하더라.

나도
구르기만 한단다.

학생

이효정 (1학년)

해가 깨어나기도 전에
얼굴에 거뭇거뭇한 잠을 씻고
꾸역꾸역 밥 한 숟갈 두 숟갈
이젠 내 몸 같은 교복을 입는다

두 번째 집에 하나둘씩 들어오고
아무것도 보이지 않는 상태에서 0교시를 시작한다
메마른 땅에 한 줄기 빛 같은 점심시간
내용물이 튀지 않게 웃는 우리들의 스킬

해가 눈을 비비며 자러 들어가고
칠흑 같은 어둠이 달과 별을 토해낸다
살아 있는 숨소리와 죽은 듯한 공기를 배경으로
사각사각 연필과 연습장의 만남

집에서 좀 자고 오라는 마침 종소리
몇 시간 뒤에 만날 친구들과 인사를 하고

변함없을 내일을 기대하며 엄마 품으로 걸어간다

월요병

차가영 (2학년)

12시가 오지 않았으면 하던
신데렐라의 마음도
이런 마음이었을까

12시를 향해 달려가는
일요일 마지막 시계바늘을 보면서
내 얼굴도 일그러져 간다

12시 전에 멈추길 바래도
시계 바늘은 계속 흘러간다
동시에 밀려오는 세상 모두의 깊은 한숨

아빠 같은 직장인도 월요병
엄마 같은 주부도 월요병
일어나기 싫은 동생도 월요병

그리고 나도

월요병

그 여름의 그림

이혜민 (2학년)

그렇게도 평온한 한 폭의 그림에
비가 내린다.
그래서 나는 우울함을 덧칠했다.
그래서 나는 나를 덧칠했다.

고인 물에 맺힌 달을 흩트리고
가지에 핀 위태로운 물꽃을 꺾고
상록의 초록에 짙은 그림자를 드리워서
괜한 심술을 부린다.

밤이 길어질수록 내 그림자는
부담과 걱정이,
고된 일과 삶의 짐이 되어
쩍쩍 내 발바닥에 붙어온다.

무거운 걱정을 음악으로 달랜다.
시끄러운 음악으로 위로한다.

내외의 음악이 서로 공명한다.
안의 음악이 경쾌하게 울린다.

이렇게도 평온한 한 폭의 그림에
별이 내린다.
그래서 나는 밝음을 덧칠했다.
그래서 나는 나로 덧칠되고 있다.

모래성

이현주 (2학년)

열심히 모래를 쌓아
튼튼히 두드려가며
멋진 성을 하나 만든다

바람이 분다

모래는 바람에 날리어
없어지고
성은 점점
무너진다

내 눈 앞에서
내가 그토록 열심히 쌓은
하나의 성이 무너진다

그렇게 무너졌을 때
비로소 성 옆에 있는

바다가 눈에 들어온다

그렇게 무너졌을 때
세상을 물들인 노을이
눈에 들어온다

너무나 멋진 성이
하나의 성 밖에 있었다

사랑이란

김예선 (2학년)

사랑이란
그리 대단한 것이 아니야

네가
핏빛으로 물든
칼날 위를 걸어갈 때
고통 속에 몸부림치며
눈물을 흘릴 때

너와 함께
더욱 붉게 물든
칼날 위를 걸어가는

조용히 너의 손을 잡아주며
너의 눈물을 닦아주며
희미한 미소를 짓는 것

사랑이란

그리 대단한 것이 아니야

주사기 교육

강민경 (2학년)

어릴 적 병원에 갔다
병원에선 어린 나에게 주사를 놓았다
그 순간 나는 큰 소리로 울어버렸다

어릴 적 학습지를 했다
1+1=2라는 사실을 이해하기가
나는 너무 고통스러웠다

중학생이 되어 과외에 갔다
$\pi=3.14$라는 사실을 조금은
힘들게 받아들였다

고등학생이 되어 보충수업을 했다
$\sin\theta = \dfrac{\text{높이}}{\text{빗변}}$ 라는 사실을 아무렇지 않게
그냥 머릿속에 넣어버렸다

어느 순간부터인가

나의 사고는 멈추어버렸다

어릴 적 주사바늘이 내 몸을
찌를 때면 나도 모르게
본능적으로 거부했었다

지금은 나의 머리에 어떤 것을
주사하여도 울지 않는다
고통스럽지 않다

다시 한 번 나는 몸부림쳐 본다
내 머리 속에 들어오는 주사바늘을
거부하기 위하여

그 옛날

김정언 (1학년)

학교를 마치고
가방만 던져놓고
친구들과 놀이터에서
하늘이 붉게 물들 때까지

빨간 날이면
일찍이 일어나
엄마 아빠 손잡고
새까만 별이 보일 때까지

시계가 4시를 가리킬 땐
태권도로
피아노 학원으로
미술 학원으로

그런데 어느 순간 우리는
가방을 내려놓자마자

또 다른 짐을 지고
끝이 어딘지 모르는
깜깜한 길을 달리고 있다

꿈에 나오는 그 옛날이
너무 그리워
나는

비 내리는 날

정진명 (1학년)

투둑 투둑
비 내리는 날
우울해지는 마음에
버럭 화내고 싶은 날

참지 못하고
친구에게
짜증을 소나기처럼
갑작스럽게
퍼붓듯이
쏟아내고 말았다

하늘도 화를 못 참고
천둥소리 질러대는 날

내가 퍼부었던
억센 물줄기는

곧 내 마음을 무겁게 때리고

화낸 마음에
더 우울해지는 날

흔적

손지운 (2학년)

…… 생각 나
아닌 줄 알면서도

쳇바퀴처럼
끊임없이 떠오르는 것은

내 마음이 이미
너로 물들어버린 흔적이 아닐까

제4부

세상

/

나, 마을, 세상 읽기

스마트한 세상

정연주 (2학년)

손바닥 안의
빛나는 세상만을 바라보느라
내 옆에서 자라나는
민들레를 보지 못했다
손바닥에서 시끄럽게 떠들어대는
그 세상은
늘 내 곁에 있는 듯했으나
차갑게 식어버리면
나에게 어둠만을 가져다주었다

그 어둠에 괴로워하는 내게
여름날의 뜨거운 바람이
그 밤의 어둠 속 빛나는 별이
나 좀 봐 달라고
나도 여기 있다고
내 손바닥을 스치고 내 눈동자에 반짝인다

의자

이가형 (1학년)

우리 앞, 앞집
슈퍼 아줌마 남편이자
동생 친구 아빠인
동네 목수

어느 날
서늘한 바람길에
인심을 튼튼하게 박아 넣고
결결이 손때 흠뻑 묻힌
작품 하나 전시했다

아내와 싸우고
씁쓸한 연기 토해내는
옆집 아저씨도
입이 매서운
윗집 아줌마도
별과 동무하며 하교하는

나도

가끔씩은
바람 옆에 앉아
생각을 걸어두고 돌아간다

노란 햇살
한아름 피어난 날
먼저 보낸 딸 대신으로
목련 맞으러 나오신
뒷집 할머니의 입가에
작품에 결 따라 묻어 있던
목수의 따슨 손때 같은
봄 햇살이 묻어 있다

세상

김예린 (2학년)

불가사리를 본다
수조에 갇힌 불가사리

가오리를 본다
큰 수조에 갇힌 가오리

상어를 본다
물이 가득 찬 큰 수조에 갇힌 상어

그리고
상어가, 가오리가, 불가사리가
나를 본다

나도 나를 본다

나는
물도 없이

너무 큰 수조에 갇혔다

무엇을

신주영 (2학년)

집을 지으려고
집을 부수려 합니다.

꽃밭을 만들려고
꽃들을 뽑으려 합니다.

길을 내려고
길을 없애려 합니다.

제자리에 있는 것을
다시 만들려 합니다.

이제
무엇을 만들려고
무엇을 어떻게 할까요?

풀꽃 아파트

주연희 (2학년)

어릴 적
나의 작은 손 위에
반지 되어 주던
보드라운
풀꽃들

언제인가
그 길 위엔
못생긴 보도블록이
대신하고

도망가 버린
연약한
풀꽃들

다시 가 본
그곳에

돌아온
작은 풀꽃들

풀꽃 아파트 짓고
차가운 보도블록 틈
하나에
아직은 온기 남아 있는
풀꽃 하나

신경 날카롭게
곤두세우고
하늘만 바라보고
자라나는
풀꽃들

이젠
안쓰러워

반지도 못 만들겠다

이런 사람이 많아진다면

전배진 (2학년)

한여름의 가뭄처럼 갈라진 손으로
가게 앞의 박스를 줍는 할머니
그 뒤를 따라가는
단정한 교복을 입은 두 남학생

아무 말 없이 조용히 다가와
박스가 담긴 수레를 끈다

― 아이고, 젊은 아들이 이래 착하노, 고마워라

아무 말 없이 웃으며
묵묵히 수레를 끈다

이런 사람이 많아진다면
세상은 얼마나 따뜻해질까

한겨울의 추위도 녹일 수 있는

따뜻한 마음을 가진
이런 사람이 많아진다면

보는 이의 마음까지 따뜻해지는
이런 사람이 많아진다면

소우주

송수빈 (2학년)

사람은
저 은하 속 맑은 별들
그들이 모이고 모여 만들어낸
아름다운 결실이다

수없이 반짝이며
몸 안을 떠돌아다니는
별들의 잔상

톡, 하면
반짝 하고 스러져 버리는
아주 미세한 이들

괜히 사람을 소우주라 하겠는가
그들이 품고 있는 이 우주에는

제각기 반짝인다

어린아이의 눈물처럼 맑고 순수한

36.4℃

전은영 (2학년)

우리는 36.4℃
옆집 아주머니도, 앞집 순희도
우리는 모두 36.4℃

버스 안의 수많은 사람들
아파트 단지의 수많은 사람들도
남들이 0.1℃를 잊어버린 것에
자신 또한 잊어버렸다는 것에
무관심하다.

어느 순간 0.1이라는 작은 숫자에
소름끼치는, 차가운
한 덩어리의 얼음이 된다.

꽁꽁 언 얼음 덩어리는
아무리 뜨거워도 녹지 않는다.
얼음 역시 36.4℃

우리는 0.1℃를 잊고 산다.

줄타기

김유경 (1학년)

얼씨구나, 잘 한다
재주를 넘으며 세상을
뒤집어라

빙빙 접시 돌리며
세상을 흔들어라

우스꽝스런 탈 쓰고
이 더러운 세상을 조롱하니,

세상 천지 이보다 더
팔자 좋을 수 있으랴

내 비록
위태로운 외줄 타며
방향 없는 길 따라 길 따라
하염없이 가지만,

그래도 이 외줄이 좋아,
그래도 언제 끊어질지 모르는
이 외줄이 좋아

나는 차마 편히 내려놓지 못한다
차마 이 놀이판을 멈추지 못한다

그러니,
옥관자 단 승리의 깃발 휘날리며
흥겹게 놀아보세
산길 따라, 바람 따라

활성리 병군이네 집에

배한별 (2학년)

활성리 바보 병군이네 집에
봄이 찾아오면서 물 건너 새신부도 함께 찾아왔다

유난히 눈이 크고 앳된 신부를 보고 사람들은 저마다 각기
다른 말과 터무니없는 말로 수군거렸지만
그 수군거림이 사라지고
동네 논들의 초록 물결이 황금빛을 지나 겨울이 오고
어느덧 다시 봄이 올 무렵 신부는 아기를 낳았다

혜성이예요, 고 혜 성—

엄마는 서툰 발음을 따라 하며
오늘 만났다던 신부가 안고 있던 유난히 눈이 큰 아이의 이
름을 알려주었다

담장의 개나리가 유달리 탐스럽던 해에 태어난
그 눈이 큰 아이를

동네 사람들은 수군거리기도 하고 모른 척하기도 하고 이름을 부르며 예뻐하기도 했다
아이는 관심을 젖 삼아 무럭무럭 자랐다

몇 번의 봄이 찾아왔다 지나가고 사소한 이야기는 잊혀져 갈 때
문득 그 아이가 어떻게 지낼까 궁금해졌다

그리고
아직 봄보다 겨울이라 불러야 어울릴 것 같은 어느 날에
개나리가 미처 피지 못한 그 집 담장에 다닥다닥 붙어 노는
한 무리의 아이들을 보았다
그 속에 한눈에 딱 혜성이를 알아보았다
아―
웃고 있는 혜성이의 큰 눈에는
유달리 탐스럽게 피었던 그 개나리 노란 빛이 가득 차 있었다

초파일

유혜윤 (2학년)

보슬보슬 땅을 적시는 봄비에
아른거리는 등불이
푸른 숨결을 내뿜는 나무들
깜빡깜빡 비추는 밤

부드러운 안개에 싸여
젖은 눈썹이 고개를 숙이고
모든 것을 내려놓으며 나는
겸손한 발걸음이 된다

단장한 절로 올라가는 계단
은은한 연꽃등 줄지은 이 길은
부처님 내려오시는 하늘다린가

탑을 도는 사람들의
달싹이는 입술은
하늘다리의 등불에 비치어

가장 아름다운 연꽃이 된다

맑게 울리는 목탁소리
봄비 되어 떨어지고
끝없는 연꽃등이
세상을 따뜻하게 비추는 밤

여우비

김예진 (1학년)

여우비 오는 날이면
우리 할머니
내게 들려주던 이야기

햇볕 쨍쨍 내리쬐는
맑은 하늘에
갑자기 주룩 주룩
여우비 내리면

앞 집 사는 갑돌이는
초가집 처마 밑에 숨고
옆 집 사는 강아지 순둥이는
기와집 마루 밑에 숨어

무서운 호랑이 신랑
장가가는 모습 숨어 구경한다 하셨지

오늘같이 여우비 오는 날
우리 할머니 따스한 목소리로
호랑이 장가가던 그 이야기
다시 듣고 싶어라

눈

최애경 (1학년)

겨울, 눈이 온다.

사람들 모여 사는 세상으로
축복이 내린다.

이제 막 걸음마를 뗀 아이가
엄마손 꼬옥 붙잡고 뽀드득뽀드득
눈 위를 지난다.

눈이 와서 마냥 신이 난 아이들이
와자지껄 떠들며 우르르르
쌓인 눈 위를 지난다.

예쁜 딸아이 볼 생각에
마음이 바빠진 아버지가
부지런한 걸음으로 타박타박
소복이 쌓인 눈 위를 지난다.

한겨울, 추운 날씨 탓에
차갑게 언 사람들의 마음을
따스히 녹이는

겨울, 눈이 온다.

바람 냄새

허유진 (1학년)

바람에도 냄새가 있다.

할머니랑 손 꼭 잡고
다른 한 손에 어묵을 들고
호기심 가득한 눈으로
둘러보았던 시장의 바람 냄새

흐르는 콧물을 손으로 쓰윽 닦고
흙을 밥 삼고
나뭇잎을 반찬 삼아
작은 엄마가 되어 보았던
그 시절 놀이터의 바람 냄새

한여름 더위에 지쳐
마당에 나와
할머니 무릎에 누워
귀뚜라미 우는 소리를 실어서

불어왔던 바람의 냄새

지금도 노을이 질 때면
살며시 나에게 다가와
나의 코를 간질이며
새로운 추억을 불어넣어준다.

바람에도 냄새가 있다.

개미에게

김정연 (2학년)

개미는 죽었다.
아무것도 할 줄 아는 것이 없어서
막노동판에서 일 년 내도록 일했다.
자식새끼 학교 보낸다고
부모님 봉양한다고
집 산다고 빌린 무겁고 무거운 빚들
밀려버린 카드 값과 술로 망가져 버린 몸
어느 날 허리가 뚝 하고 부러져 개미는 죽었다.
스스로를 위해 아무것도 해보지 못하고
개미는 그만 요절해 버렸다.

제5부

돌
/
나, 자연, 생명 읽기

꽃, 너 하나의 본연

최효진 (2학년)

고이 간직해 논 비단을 펼친 것같이
아침 햇살에 눈을 뜨는 기분을 느끼게 해 주는

너를 표현하고자 하는 그러한 말들은
필요치 않다

'꽃'
그 이름 하나만으로도
무언가에 비유할 수 없을 정도로

너는 너무나 아름답고도
여리고 귀한 존재인지라

돌

송수빈 (1학년)

이 땅의 어머니의 몸으로 태어나
쓰라린 고통, 깎이고 깎이며 참아온 오랜 세월
그 오랫동안 겪어왔을 아픔이 무디고 무뎌져
둥그렇게 내려앉았다.
푸석푸석한 흙을 나뒹굴며 차이고 차여져
조그맣게 내려앉았다.

이 땅의 어머니의 몸으로 태어나
묵묵히 우리의 투정을 심술을 화를 기쁨을 눈물을 받아 주
었다.

당박(戇朴)*하게도.

* 당박하다 : 어리석을 만큼 매우 순박하다.

대추나뭇잎

오연주 (2학년)

감나뭇잎이 파릇파릇
사과나뭇잎이 파릇파릇
복숭아나뭇잎도 파릇파릇
대춧나뭇잎은…….

괜찮아
더디면 어때?
여름이 오면
고운 꽃을 피우고
가을이 오면
달콤한 열매도 맺는걸!

초롱꽃

오연주 (1학년)

작고 귀여운 종들
피었네

톡 하고 건드리면
맑고 은은한 종소리
울려 퍼질 것 같네

노란 파란

이은지 (1학년)

노란 햇살 속
노란 개나리
노란 병아리떼
노란 꼬까옷 입은 아이가
노란 웃음 짓는
노란 봄날

그리고 너를 보낸 내 마음속 파아란 파도

강낭콩

허영지 (1학년)

흙 속에
너를 심는다
강낭 강낭 콩콩

내 마음을
네게 붓는다
강낭 강낭 콩콩

작은 너에게
넘치는 나는
널 밀어내 버렸다
강낭 강낭 콩콩

물방울

김미현 (2학년)

톡
하고
떨어지는
너의 작은
몸짓 하나는
새하얀 진동이
되어 귓속말 하듯
속삭이지만 일렁이고
또 일렁이며 더 크게
퍼져 이곳저곳
나아가네

소리 없는 울림이
더 큰 소리를 만드는
물방울의 방울소리

그루터기

최소혜 (2학년)

그루터기가
남아 있는 나무는
죽은 것이 아니다

아무리
베임을 당해도
다시
꽃피우는

그루터기가
남아있는 나무는
죽은 것이 아니다

누군가 죽은
그 자리에
다시
푸르게 자랄 희망으로

나도
누군가의
그루터기이고 싶다

투견

김유진 (1학년)

비 고인 물웅덩이

철퍼덕 땅에 쓰러진 투견

숨을 가쁘게 헐떡이며

두 다리에 힘을 주고

일어서려 하지만 일어날 힘이 없다

하늘을 바라보는 두 눈에서

비와 함께 눈물이 한 방울

툭…… 땅을 적셨다

우리 집 예쁜이

권민정 (1학년)

뺨을
후려갈기는
찬바람을
피하려고

참새마냥
종종
종종

후다닥
집으로
얼른 들어갈 테다

문을 여니
토끼 같은
우리 예쁜이

현관문 열리는 소리에
저만치서 달려오며

하이얀
가지런한 이를 보이며

언니야아아아아아
왔구나아아아아아

내 마음은
다

녹
아
버
렸
다

.

.

.

풍경

김정연 (2학년)

작은 산새가 불기운을 물고 온다.
산 전체가 붉게 물들었다.
산의 작은 절도 들떴다.
바람이 불기운을 몰아내고
차가운 눈길만 남기자
작은 절의 풍경이 혼자 울고 있었다.

길섶

박은비 (1학년)

늦게 핀 풀꽃들이 떠나지 못한 길섶

차가운 달빛 내려 여린 몸들 얼릴 때

영하의 바람 밀려와 구석으로 몰고 있다.

벚꽃 비

배다혜 (2학년)

새색시 수줍은 볼
쪼그만 연지 한 잎

바람 따라 톡!
몸을 내던지면

너도 나도 톡 톡
투두둑 투둑
쏴아—아

수줍은 봄비 아래
스며드는 우리

숲

홍지영 (1학년)

바람이 이는 숲속에서 길을 잃었다.

끝없이 펼쳐진 싱그러움 속,
스며드는 달의 따스함이 마음에 닿는다.

소리 없이 다가와 파동을 일으키고,
소리 없이 새어들어, 소리 없이 사라진다.

하늘 사이로 우거진 나무와 노래와 청명함
별이 노래하고 바람이 춤춘다.

그 속에서 눈을 감노라면
어느새 생생해지는 녹색의 물결들

숲속에서 길을 잃었고
그 속에서 숲을 읽는다.

비

이유진 (2학년)

마른 땅에
그림이 그려지고 있다.

투욱, 툭
투박하고 촌스러운 소리.

땅 내음을 머금고
속으로 깊숙이 파고드는
맑은 물감.

완성 후
휑하니 가 버린 그 자리에 쪼그려 앉아
네가 그린 그림을 바라본다.

얼룩 하나 없이 깨끗하고
눈이 부시다.

투명하지만, 거친 붓놀림—

어느 새 태양이
너의 그림을 말려주려
빼꼼히 찾아왔다.

담쟁이

이윤정 (3학년)

담쟁이가 쏟아진다
저리도 얇은 담을 타고 쏟아진다
한 방울도 떨어뜨리지 않고
서로 제 몸을 엮은 채
끝끝내 마른 땅에 다다른다
풀포기들도 옆으로 모여들고
담 밑엔 푸르른 강이 생긴다

담은 알고 있다
밤마다 담쟁이가
달에 닿은 발자국처럼
꾹꾹 덩굴손을 뻗어가는 걸

담 꼭대기에 올랐던
첫 새벽
담쟁이들은 지상에 내린
그림자들을 보았다

곧 이어 키 큰 나무들은
첫 햇살을 받아
탄탄하게 나이 든
제 몸을 드러냈다
담쟁이도 서투르게
작은 손으로 얼굴을 씻어냈다

시의 거울에 비친 아이들의 삶

세상의 거울, 아이들의 글

아이들의 글은 진솔하게 자신을 드러내기 때문에, 일부러 꾸미려고 애쓰지 않은 이상 스스로 의도하든 의도하지 않든 간에 삶이 그대로 묻어날 수밖에 없다. 그래서 아이들의 시는 세상의 거울이라 할 수 있다. 그 안에는 아이들이 바라본 세계가 있고, 세계를 바라보는 아이들의 시각이 들어 있기 때문이다.

아이들을 가르치면서 아이들이 써낸 글을 읽으면 변화의 느낌은 더욱 뚜렷이 다가온다. 10년 전의 글이 다르고, 5년 전의 글과 지금의 글이 다르다. 사회의 변화만큼이나 아이들의 변화 곡선이 가파름을 느낄 수 있다. 아이들이 아침저녁으로 호흡하고 있는 세상이 곧 그들의 삶이니, 세상의 변화가 아이들의 글에 나타나는 것은 자연스런 일이다. 그러므로 아이들의 시에 나타난 그들의 삶과 세계를 엿보는 일은, 아이들의 진실한 내면 세계를 이해하고 그들이 안고 있는 고민과 기쁨을 함께 하기 위해서뿐만 아니라, 우리가 살고 있는 세상의 모습을 살피기 위해서도 필요한 일이다.

지금은 0교시, '현재'가 없는

"지금은 0교시"라는 말 속에는 현재의 삶을 송두리째 미래에 저당 잡히고 있는 아이들의 아픈 삶이 들어 있다. '0교시'는 정규수업 전에 불려 나와서 보충수업을 듣는 시간이다. 정확하게는 일과 전 보충수업이고, 수업 마치고 하는 보충수업이 방과 후 수업이다. 아이들은 학교에 오면 대부분 잠을 이기지 못하고 비몽사몽, 그냥 엎드려 잔다.

아래에 누군가 있다.
고개를 숙이게 만드는 그대

그대는 누구십니까?
— 박수아, 「지금은 0교시」 전문

아이들에게 "고개를 숙이게 만드는 그대"는 과연 누구일까? 도대체 지난밤 아이들에게 무슨 일이 있었을까? 밤늦게 학원이나 독서실, 과외를 전전하다가 잠을 설치는 아이, 게임하느라 밤을 꼬박 지새우고 온 아이, 스마트폰에게 홀려서 밤새 끌려다니다 온 아이……. 학교마다 사정은 조금씩 다르고 사연은 아이들 수만큼 많겠지만 성격은 거의 비슷하다. 공부하느라 잠을 설친 아이는 불확실한 미래에 대한 부풀려진 '꿈'에 잡혀 있기 일쑤이고, 다른 일로 잠을 놓친 아이는 자신의 미래에 대하여 막연하기만 할 뿐 아예 아무것도 그리지 못하고 있다.

내일의 '집'이나 오늘의 '삶'을 돌아보고 생각해볼 마음의 여유조차 갖지 못하는 것이 지금 청소년들의 삶이다. 그러면서 막연히 '내일을 위하여'라는 생각에 사로잡혀 '지금 이 순간, 오늘'을 제대로 살지도 못하고 있는 것이다. 그렇다고 아이들에게 생각의 힘을 키워주어서 스스로 판단하게 하는 교육 구조도 아니다.

이런 상태에서 아이들의 하루하루는 틀에 박힌 대로 조금의 빈틈도 없이 진행된다. 아이들의 생활은 가족과 함께 해야 할 '아침과 저녁'이 없는 삶이다. 있어야 할 '오늘'이 없으니, 그 연장선상에 있어야 할 '내일'을 생각할 수 없다. 이효정 학생의 시 「학생」을 보면 아이들의 하루 생활이 눈에 선하게 들어온다.

해가 깨어나기도 전에/얼굴에 거뭇거뭇한 잠을 씻고/꾸역꾸역 밥 한 숟갈 두 숟갈/이젠 내 몸 같은 교복을 입는다//

두 번째 집에 하나둘씩 들어오고/아무것도 보이지 않는 상태에서 0교시를 시작한다/메마른 땅에 한 줄기 빛 같은 점심시간/내용물이 튀지 않게 웃는 우리들의 스킬//

해가 눈을 비비며 자러 들어가고/칠흑 같은 어둠이 달과 별을
토해낸다/살아 있는 숨소리와 죽은 듯한 공기를 배경으로/사각
사각 연필과 연습장의 만남//

집에서 좀 자고 오라는 마침 종소리/몇 시간 뒤에 만날 친구
들과 인사를 하고/변함없을 내일을 기대하며 엄마 품으로 걸어
간다

— 이효정, 「학생」 전문

아이들에게 미래가 있는가? 있기도 하고 없기도 하다. 그 미래
라는 것도 내일을 나름대로 준비하고 있는 아이들이나, 될 대로
되겠지 하는 식으로 포기하고 있는 아이들 모두에게 어쩌면 신
기루일 수도 있다는 것을 우리는 안다. 그럼 도대체 누구를 위해
서, 무엇을 위해 '오늘'을 접어두어야 하는가?

거기에 대해서도 명쾌하게 답하기란 쉽지 않다. 많이 벌어서
많이 소비하는 삶의 패턴이 전지구적으로 보편화되어 왔고, 그럼
에도 스스로 원하는 만큼의 재화를 얻기란 극소수를 제외하고는
불가능한 것이 엄연한 현실이다. 게다가 개인이 기본적인 생존
에 필요한 것을 사회나 국가가 책임지지 않는 우리 사회에서, 오
늘을 오늘답게 살고 내일은 내일로 미루어 두라고 말하기가 두
려운 것이 학교이고 부모이기 때문이다.

하지만 불확실한 내일을 위한 오늘의 피땀이 만족할 만한 열
매로 돌아온다 하더라도 그것이 단지 물질적인 욕망을 충족시키
는 것에 한하는 것이라면, 오늘의 삶을 희생하면서까지 그럴 가

치나 필요가 과연 있느냐 하는 것도 삶의 각 주체들이 생각해보고 정리하고 넘어갈 문제이다. 더구나 내가 무얼 원하는지도 모른 채, 길을 찾지도 못하면서 '그냥' 주어진 대로 살아가고 있다면 이는 작은 문제가 아니지 않은가.

"길은 멀고 험하며 휘어져 있다"

아이들은 출발점도 도착점도 보이지 않는데 마구 달리기만을 요구받고 있다. 이런 아이들의 몸과 마음이 아프지 않을 리가 없다.

> 출발! //
> 달려라더빠르게벗겨진신발을뒤돌아볼시간은없다/도장은일등에게만찍어줄거야쉬지마라/뒤돌아보아도출발점이보이지않고고갤들어도도착점이보이지 않아/그래도눈감지마네가서있는곳도보이지않을테니/숨이턱까지차올라도내뱉지마고통의시간을삼켜숨쉬지마 //
> 넘어졌다 //
> 이제야 하늘이 보인다/숨을 쉴 수 있다
> — 정연주, 「달리기」 전문

띄어쓰기 문법을 따르지 않고 숨 쉬어 읽을 틈을 주지 않으면서 내달리는 1연의 시행(詩行)들은 숨 쉴 틈조차 없을 정도로 숨 가쁘게 달려야 하는 아이들의 현실을 정직하게 드러내고 있다.

눈을 떠도 눈을 감아도 출발점이나 도착점, 어느 것도 보이지 않는 상황은 실로 말 못할 고통의 시간이다. 오랜 세월을 살아가야 할 아이들을 100미터 달리기 하듯이 숨 못 쉬는 경쟁 체제로 몰아넣고 있는 '그대'는 누구인가? 아이들은 묻고 있다.

아직 육체적으로나 정신적으로 충분히 성숙하지 못한, 가장 여린 아이들이 이 살인적인 경쟁을 이겨내는 일은 쉽지 않은 일이다. 그럼에도 아이들을 전쟁 같은 경쟁으로 내몰고 부추기는 것은, 그런 경쟁을 통해서 이득을 얻는 집단이나 세력이 있고, 그들이 이 사회를 이끌어가는 실세들인 까닭이다. 그리고 그 경쟁의 틈바구니에서 살아남아야 하는 각 가정과 개인은, 경쟁에서 뒤처진다는 것은 곧 인생의 패배자가 된다는 논리를 수용하면서 경쟁에 적극 나설 수밖에 없다. 살기가 팍팍하고 직업을 구하기 어려워질수록 불안감은 커지고, '물질'은 더욱 아이들의 내면에 깊이 파고들어 모든 사고의 중심을 차지하며, 성적과 시험에 목을 매는 기현상은 갈수록 강화되고, 그 출발점이 초등학교 또는 그 아래로 갈수록 내려간다. 이것이 아이들에게 '오늘이 없는' 삶의 정체이다.

하지만 이런 내용을 알기에는 아이들은 아직 너무 어리며, 그것을 바로 보고 받아들이거나 거부할 만한 혜안이나 능력이 아직 갖추어지지 않은 상태이므로 고통은 더욱 크게 다가올 수밖에 없는 것이다.

그래서 견디다 못한 아이는 마침내 넘어지고 만다. 그런데 여기서 주목할 것은, "이제야 하늘이 보인다", 그리고 비로소 "숨을 설 수 있다"는 표현이다. 달리기(경쟁)에서 빠져나와 눈을 뜨니 거기 '하늘'이 있다. 물론 땅도 있고 사람도 있다. 지금까지 눈 감고 달리다가 넘어져서야 비로소 눈이 뜨이기 시작하는 것은 역설이다. 경쟁에서 뒤처진 사람, 달리기 트랙을 스스로 빠져나온 사람들만이 달리기 경쟁으로 감추어진 현실 세계 밖의 세계를 조금씩 엿볼 수 있게 된다. 하지만 대다수의 아이들은 여전히 거기서 빠져나올 용기가 없거나 힘이 없으므로 계속 뛸 수밖에 없다.

어떤 고통도 오래 지속되면 곧 익숙해지며 일상이 된다. 그래서 마침내 아픔이 아픔인지도 모르는 상태가 되면 의식이 마비되고 몽롱한 상황에서 몽유병 환자처럼 아무 생각 없이 '그냥' 시키는 대로, 주어지는 대로 움직이게 된다.

아이들의 시를 더 읽어보자.

어느 순간부터인가/나의 사고는 멈추어버렸다//

어릴 적 주사바늘이 내 몸을/찌를 때면 나도 모르게/본능적으로 거부했었다//

지금은 나의 머리에 어떤 것을/주사하여도 울지 않는다/고통스럽지 않다

　　　　　　　　　　　　　　 ― 강민경, 「주사기 교육」 중에서

머나먼 길이 있다/그 길은 멀고도 험하며/휘어져 있기도 하다//

결코 쉽다고 할 수 없는 길이기에/끝을 볼 수 없는 길이기에//
한숨과 눈물은/늘어만 간다

— 김지연, 「나의 길」 중에서

아픔을 아픔으로 느낄 수 있는 사람은 아직 치유될 가능성이
있지만, 고통을 느낄 힘조차 남아 있지 않은 상태는 분명 병이 심
각하게 깊어진 것이다. 아이들은 그걸 피부로 느낀다. 감각이 딱
딱하게 굳어버려 주사바늘이 찔러도 아픔을 느끼지 못하고 있지
만 아이는 괴롭다. 감성이 마비되어 가고 "사고가 멈추어버"린
것을 스스로 느끼는 것이다. 이런 아이들의 눈앞에 놓인 길은 당
연히 "끝을 볼 수 없"고, "멀고도 험하며 휘어져 있"다. 무엇을
해야 할지, 어떻게 살아야 할지, 어디에다 걸음을 놓아야 할지도
모른 채, 주어진 시간과 프로그램에 맞춰 수동적으로 살아가는
나날이다. 불안하고 불확실한 미래를 생각하기도 하고 생각하기
를 접으면서 떠내려가는 삶이다. 문제는 아이들의 병증이 심각
해져 가는데도 그것을 심각하게 인식하지 못하거나, 혹은 느낀다
하더라도 피할 수 없다는 체념으로 손을 놓고 있거나, '아이의
장래를 위해서'라는 명분으로 아이들이 가속도를 내도록 '채찍'
을 든다는 점이다.

이리하여 아이들의 눈에 평화로운 길은 어디에도 보이지 않
는다.

가시밭길/황무지길/아무도 없는 길//

내 길

— 박하현, 「길」 전문

세상, 물도 없이 너무 큰 수조

아이들이 바라보는 우리 세상은 어떤 세상일까? 어느 날 아이들은 자신과, 자신을 담고 있는 세상을 갑자기 낯설게 느끼는 순간이 있다.

불가사리를 본다/수조에 갇힌 불가사리//

가오리를 본다/큰 수조에 갇힌 가오리//

상어를 본다/물이 가득 찬 큰 수조에 갇힌 상어//

그리고/상어가, 가오리가, 불가사리가/나를 본다//

나도 나를 본다//

나는/물도 없이/너무 큰 수조에 갇혔다

— 김예린, 「세상」 전문

여기 한 아이가 낯익은 수조(水槽) 앞에 선다. 물고기가 죽을 날을 기다리며 어슬렁거리고 있다. 아이는 본다. 불가사리, 가오리, 상어……. 그러다가 물고기의 눈과 아이의 눈이 마주친다. 아이는 물고기의 눈을 들여다보게 되고, 그 동공 속에 비친 자신을 읽는다. 그리고 불현듯 자신이 한 마리의 물고기라고 느낀다. '나'가 또 다른 '나'를 보는 것이다. 그 '나'는 물 속에 있는 것이 아니라 공기 속에 있다. 공기가 곧 세상이다. 물 속 물고기의 눈을 통해 '나'는 객관화되고, 마침내 '나'는 공기로 채워진 너무 큰 수조, 곧 세상에 '갇혀' 있음을 알게 된다. 물고기는 죽음이 아닌 삶으로는 수조 밖을 나가지 못한다는 것을 아이는 알고 있다. 아이는 우리에게, 갇힌 세상을 벗어나 새로운 세상에서, 새로운 생명으로 살고 싶다고 말하는 듯하다. 그 마음속에는 세상을 살 만한 세상으로 만들고 싶다는 소망이 들어있는 것이 아닐까?

이 아이들의 외침에 어른들이 귀 기울여야 한다. 어떻게 할 것인가?

문제는 사랑, 혹은 사랑의 성격

물고기는 물을 거부할 수 없고, 물을 나와서 살 수 없다. 사람 또한 그가 속한 사회에서 나서 살다 죽는다. 다른 점은 있다. 물고기는 물을 바꾸지 못한다. 하지만 사람은 사회를 바꾸어나간다. 지금까지 그래 왔고 앞으로도 죽 그럴 것이다. 그러나 모든 변화가 반드시 좋은 것만은 아니란 것을 우리는 경험 속에서 뼈저리게 배우고 있다.

그러면 어떻게 살 것인가? 이것은 가장 근본적인 물음이다. 세상에 이로운 모든 정신은 이에 대해 나름대로 답을 구해왔다. 우리는 아이들의 시에서 그 답이 될 만한 메시지를 찾아볼 수도 있으리라 생각한다.

엄마……. 엄마……. / 왜 부르기만 해도 눈물이 나는 걸까?//

우리 언젠가는 이별해야 할 텐데/이렇게 서로 사랑해도 되는 걸까?//

두렵다는 말, 가슴 아프다는 말/사랑이란 이름의 또 다른 말이 맞나 봐//

어느 별에서 또다시 만나야/이보다 더 애타게 그리워하고//

어떤 모습으로 또다시 만나야/이보다 더 뜨겁게 사랑할 수 있을까?

— 정은애, 「두 번 다시 없을 사랑」 전문

사랑은 아프고 두려운 것이다. 엄마, 라는 이름은 부르기만 해도 눈물이 난다. 아이는 엄마의 큰 사랑 속에 있으면서 헤어질 날이 올 거라는 예감을 한다. 헤어지는 날 얼마나 아플지 두려운 것이다. 그리고 다시는 만날 수 없다는 것을 안다. 하나의 생명이 헤어진 다음에 어떻게 살아야 하는가에 대한 답을 구하고 있다. 아이는 "어떤 모습으로 또다시 만나야/이보다 더 뜨겁게 사랑할 수 있을까?" 물음을 던지지만, 그 모습이 '현재, 이곳'에서의 만남과는 다른 만남이란 것을 "어떤 모습으로"란 말 속에 이미 담고 있다. 그러므로 아이는 이미 답을 얻은 것이다. 지금 여기에서 "뜨겁게 사랑할" 수밖에 없다는 것을.

문제는 사랑이고, 사랑의 성격이다. 사랑은 '지금, 여기에서, 함께, 나누어' 사는 것이다. 인간으로부터 미물(微物)에 이르기까지 공존을 모색하는 것이다. 나누지 않는 사랑, 다른 사람을 억압

하고 다른 생명체를 수탈하는 행위가 교묘하게 사랑의 옷을 입고 나타나더라도 그것은 기만이다. 내가, 혼자서, 잘 먹고 잘산 다음에 나누는 사랑은 '그들만의 축제'이거나 '흉내'일지언정 우리 모두가 지향해 갈 '열린 사랑'은 아니다. 지구는 '닫힌 생태계'이고 에너지가 무한대로 증가하는 세계가 아니기 때문에, 내가 많이 가지면 다른 사람들이 가질 것이 없기 때문이다. 그러므로 '함께'가 아닌 사랑은 사랑이 아니며, 존재의 평화와는 거리가 너무 멀다는 것은 자명하다.

그리고 생명…… 패러다임의 변화

결과적으로 그 사랑이 평화와 공존을 지향한다면, 나 혼자 또는 우리 지역, 사회, 종족만의 물질의 풍요로운 소비를 지향하는 배타적 이기주의— 전쟁, 수탈, 마침내 공멸의 원인이 되는—를 버리고, 소박하게 살면서 적게 소비하고 나누어 사는 사랑, 나아가 인간은 물론이고 다른 생명까지도 억압하지 않고 사랑하는 사랑이어야 할 것이다. 이것은 지금까지와 다른 패러다임이고, 인간 역사의 반성적 성찰에서 출발하는 이런 변화는 이미 지구의 곳곳에서 시작되고 있다.

아이들의 시는 그런 생각까지 정리되지는 않았다 하더라도, 때 묻지 않은 직관으로 이런 변화를 이미 느끼고 있음을 보여주고 있다. 진정한 사랑은 어떤 길을 가든 궁극적으로는 모든 생명체와의 평화와 나눔을 지향할 수밖에 없기 때문이다.

이 땅의 어머니의 몸으로 태어나/쓰라린 고통, 깎이고 깎이며 참아온 오랜 세월/그 오랫동안 겪어왔을 아픔이 무디고 무뎌져/ 둥그렇게 내려앉았다./푸석푸석한 흙을 나뒹굴며 차이고 차여 져/조그맣게 내려앉았다.//

이 땅의 어머니의 몸으로 태어나/묵묵히 우리의 투정을 심술 을 화를 기쁨을 눈물을 받아 주었다.//

당박(戇朴)하게도.

— 송수빈, 「돌」 전문

어릴 적/나의 작은 손 위에/반지 되어 주던/보드라운/풀꽃 들//

언제인가/그 길 위엔/못생긴 보도블록이/대신하고//

도망가 버린/연약한/풀꽃들//

다시 가 본/그곳에/돌아온/작은 풀꽃들//

풀꽃 아파트 짓고/차가운 보도블록 틈/하나에/아직은 온기 남아 있는/풀꽃 하나

— 주연희, 「풀꽃 아파트」 중에서

너는/구르기만 하더라.//

차가운 바닥에 죽었을 때도/너는/청소하는 빗자루에/굴려지 기만 하더라.//

나도/구르기만 한단다.

— 권이란, 「공벌레야」 전문

아이는 돌이 "이 땅의 어머니의 몸으로 태어나" 시간이 흐르면서 흙이 되어 우리의 삶과 함께 해온 역사를 알고 있다. 말하지 않아도 아이는 돌과 흙과 어머니를 사랑한다. 그 사랑은 우주적이고 지구적이며 크고 넓다. 그러므로 따뜻하다.

아파트 짓고 시멘트로 발라버린 거리의 보도블록 틈에 풀꽃이 다시 돌아왔다. 흙이 있는 곳 어디든 생명이 찾아드는 것을 아이는 슬프고 놀란 눈으로 보고 있다. 죽어 있는 공벌레를 보는 아이의 마음 또한 더없이 맑고 깨끗하다.

어쩌면 이 아이들의 시는 우리가 닿아야 할 어떤 지점, 또는 순간에 닿아 있는 것 같다. 이것을 우리는 시심(詩心)이라 할 수 있을 것이며, 이는 누구나 시를 통해 사랑과 진심에로 나아가고자 하는 데서 얻을 수 있는 마음이 틀림없다. 그러므로 이 아이들은 이미 시인의 마음에 닿아 있고, 가장 낮은 곳에서 가장 높은 것을 볼 줄 아는 눈을 갖고 있다.

벽을 넘어서는, 시 쓰기

아이들은 스스로가 선택하기 이전에 이미 주어진 세계에 살고 있다. 아이들 앞에는 높은 세상의 벽이 가로놓여 있고, 거기 갇혀서 헤어나지 못하고 있다. 터널은 길고, 벗어나면 또 다른 터널이, 진짜 길고 답답한 인생의 터널이 기다리고 있다. 하지만 아이들은 그 터널을 손잡고 함께 가는 법을, 서로 사랑하며 배운다. 배우지 않으면 그 인생은 힘들어지고, 늘상 벽에 부딪치고 우울한 일상에서 멀지 않은 곳에서 살아야 할지도 모른다는 것을 예감하고 있다.

예술이, 시가 구원인 것은 그것이 사람을 사람답게 하고 높여주기 때문이다. 그러므로 예술은 힘이 없는 것이 아니다. 한 줄의 글, 한 소절의 음악이 인간을 외로움에서 건져주고, 빈 마음을 채워주고, 사랑의 경지를 높여준다면, 우리가 먹을 양식을 땀 흘려 생산하듯 그것을 사랑해야 할 가치가 충분하지 않은가. 인간에게서 예술을 빼버리면 그날로 인간이 다른 동물과 너무 가까워진다는 사실 하나가 이를 반증하고 있지 않은가.

그러므로, 아이들을 사랑한다면 아이들과 함께 시를 읽고, 시를 가르쳐야 한다. 요즘 아이들이 어떻게 시를 손에 쥐고 힘껏, 혹은 우아하게 벽을 넘는가를, 두어 편 시를 함께 읽으면서 느껴보자.

사랑하는 사람들조차 나를 모르고/나마저 나를 모르는 밤엔/이 몸이 너무나도 무거워 시라도 한편 써야겠다/시에 내 몸을 버려두고 나와야겠다/그래야, 숨을 쉬겠다/그래야, 숨을 쉬겠다
                                        — 박민정, 「시」 중에서

내가 길을 걷다 넘어지면/개그 프로그램을 보듯/까르르/자지러지는//

마지막 남은 떡볶이를 위해/탁 탁 탁/날렵한 젓가락을/내리 꽂는//

새로 한 내 머리를 보며/으— 하며/진심 어린 야유를 보내는//

하지만 웃음이 나는//

그런 너희들이 있어/행복한/시 쓰는 밤

— 김지혜, 「그런 너희들」 전문

경주여고 학생 시집

지금은 0교시

초판 1쇄 발행 2014년 12월 15일
초판 2쇄 발행 2022년 12월 26일

엮은이 배창환
펴낸이 오은지
책임편집 변홍철
표지디자인 정효진
펴낸곳 도서출판 한티재 등록 2010년 4월 12일 제2010-000010호
주소 42087 대구시 수성구 달구벌대로 492길 15
전화 053-743-8368 팩스 053-743-8367
전자우편 hantibooks@gmail.com 블로그 www.hantibooks.com

ⓒ 배창환 2014
ISBN 978-89-97090-38-9 43810

이 도서의 국립중앙도서관 출판예정도서목록(CIP)은 서지정보유통지원시스템 홈페이지
(http://seoji.nl.go.kr)와 국가자료공동목록시스템(http://www.nl.go.kr/kolisnet)에서 이용하
실 수 있습니다. (CIP제어번호: CIP2014034356)